JL Linddahl

En bok för alla som ibland vill spela schack,

med någon du aldrig kan lura

FSC
www.fsc.org
MIX
Papper från
ansvarsfulla källor
Paper from
responsible sources
FSC® C105338

Förlag: BoD – Books on Demand, Stockholm, Sverige
Tryck: BoD – Books on Demand, Norderstedt, Tyskland

ISBN: 978-91-7785-573-6

Innehåll

ETT *Alla Våra Synder*

For the sake of our conscience
For the sake of our souls
To never more suffer
Peace without end
Or will we pass silent
Into the great night
When all of our sins
Will lie with the dust
(All Our Sins, VNV Nation; Noire)

Kriget kom allt närmare. TV och tidningar hade matat dem med information om två ledare, kanske tre eller kanske alla. De stred för något som ingen längre kommer ihåg. Det brann i länder långt borta, vem brydde sig? Bara de inte kommer hit. Dom vet ju vad de är för några. Vi har inte plats, vi behöver andrum. Vi har inte råd, det är bättre att de får hjälp på plats sa många i kör. Bara inte så mycket pengar och kanske helst inte några pengar alls. På plats är i tältläger där det inte finns något, men det är ju bättre än krig eller hur. Det vet ju de som sitter i TV-soffan, tryggt med sina barn och fredagsmyset. Dessutom har de ju själva skapat sina problem. Kanske bättre att jämna allt med marken? Släppa en atombomb på skiten?

Markus sitter framför datorn. Han läser ett inlägg, ett sån där vänstervridet flum, godhetsknarkande nazist-feministartikel. Han är 25 år gammal, han har aldrig haft något fast jobb och tycker det är förjävligt att han inte får någon hjälp. Han har sökt jobb som han aldrig får, de jobb han får är på timmar och han får vänta på att det kommer ett sms. Kommer det ett sms måste han vara på plats inom 30 minuter annars går passet till något annat.

Han röstade på SD för de rör minsann om i gryta. Sverige åt svenskarna och svenska värderingar. Han pappa har berättat att när han var ung så kunde man få jobb direkt efter skolan. Det var tider det på 50-talet. Då var Sverige åt svenskarna, alla hade det tryggt. Mödrarna tog hand om barnen och kärnfamiljen hade inte splittrats av homolobbyn. SD har rätt, de är pedofiler! I Sölvesborg händer det grejer, där styr Åkessons tjej vad hon nu heter. Där daltas det inte längre, snygg är hon också. Ebba Busch Thor är inte så illa heller. Hon är en riktigt kvinna med sunda värderingar. SD och KD är fan helt rätt för Sverige.

Han reste till Thailand förra året. Snygga brudar, inte alls så där jobbiga som de svenska jävla feministerna som hatar män. Rose hette tjejen han träffade, han vet att hon grät när de hade sex men hon fick ju faktiskt en förmögenhet i Thailand så det kändes inte så illa. Han kunde ju göra vad han ville, hon sa aldrig nej. Lyssnade och var tyst när han talade. Han kände sig som en riktigt man, kanske skulle hämta hit en? Kunde behöva någon som fixar hemma. Visa upp för polarna på fester.

Inte som hans förra flickvän som gnatade om allt. Nu kommer det ju massa kamelknullar och hans ex hade minsann mage att dumpa honom för en såndär. Han svara argt på en kommentar i Expressen. Ett barn har fått sina ben avsprängda och någon kvinna rapporterar om troliga krigsbrott där civilbefolkningen utsatts för fosfor. Fan, kan inte fittorna bara fatta att det är fejk? Kaxig är hon också, hon bor tydligen där och har jobbat i fyra i krig. Han vet hur det är där borta. Riktiga män stannar och krigar! De får väl bygga upp sitt land och inte leva på andra. Barnet på bilden gråter och skriker i fasa, en ung kvinna håller om barnet. Markus äcklas av fjanteriet och daltandet.

Det är ju bara männen som kommer hit och låtsas vara barn. Nu kommer ju alla IS- krigare komma hit och förstör allt svenskarna byggt upp. Han skriver argt att hon borde bli våldtagen av 10 afghaner. Han får massa likes på sin kommentar men även en massa PK-skit. Folk där borta borde ju fan inte skaffa barn. Fattar de inte det?
Markus blir än argare, han vet hur det är att lida! Soc betalar ju knappt något utan allt går till de där jävla packet som kommer hit. SD 2022! Han tänker på Trump. Redig man som ser till att få saker gjorda. Ta inget skit av PK-maffian och kvinnor.

Miriam håller sitt barn i famnen. Hon vet att barnet kommer dö. Igår regnade bomberna igen. De tror det är fosfor som frätt sönder huden på hennes lilla flicka. En reporter pratade med henne. Hon är lättad, nu kommer folk förstå.

Miriam kommer inte ens ihåg hur det var att inte vara rädd, i krig eller förlora någon hon älskar. Hennes älskade dog när IS- gjorde en räd. Han dog för att rädda alla, det borde de väl förstå även de som bor långt borta. De älskade varandra så. Nätterna de hade ihop var det enda som höll dem vid liv. Visst var de rädda när det visade sig att Miriam blivit gravid, men samtidigt hopp i mörkret. Hennes barn skriker av smärta, det finns ingen läkare tillgänglig och inget morfin för att lindra smärtan. Alla organisationerna som hjälpt dem har åkt härifrån för det är inte säkert någonstans.

Miriam är dock ändå lite lättade, alla reportage om vad som händer. En ung kvinnlig reporter hade tagit bilder och intervjuat på plats. En ung kvinna precis som hon men som stannat för hennes skull, för deras skull. För att visa den nakna fasan, smärtan, lidandet. Den kvinnliga reportern visade medkänsla och hade strukit Miriam över kinden.

Visst kommer hjälpen nu! Ingen lämnar väl de som stridit år efter år. Det kan väl inte finnas någon som ser bilderna och inte bryr sig? Det måste väl få ett slut någon gång? Hon har ingenstans att ta vägen, hon har ingen kvar. Hennes bror tog sig i väg, men när han skulle ta den farliga vägen över Medelhavet gick något fel. Alla drunknade. Miriam kunde inte resa, det är för farligt på vägen. Dessutom med barn, det finns de som säljer barn. Kvinnor blir våldtagna på vägen, även av FN-soldater. Lägren hon skulle kunna ta sig till, kanske om bomberna upphör, är uppbyggda av de som bombar dem. Hon vet inte längre vem som är vän eller fiende. Barnet har tystnat, Miriam tittar ner och inser att det inte längre finns något liv i hennes famn. Bomberna fortsätter.

Markus går ut på gatan, det är fan jävla krigszonen i Sverige! Ungefär som i Libyen. Han går ut och köper kebab med sig hem. Fan vilket jäkla pissliv vi har här i Sverige.

TVÅ Dansa, andas och stäng av

Oh my love, be brave for me
Accept the fact it can be better
Don't let this world go down without a fight
And I still hold the firm belief
That we borrow from our children
And we pay the price in this life or the next
(Only Satellites, VNV Nation, Noire)

Världssmärta är en speciell form av smärta. Enligt Wikipedia kommer det från Weltschmerz ett tyskt ord som avser den psykiska smärtan av sorg som kan komma av insikten av sin egen svaghet och oförmåga i förhållande till världens all grymhet och ondska. Direkt citat från Wikipedia.

Hon dansar i solen och sjunger till låten i hörlurarna *"and we pay the price in this life or the next"*.

Sen ett bra tag tillbaka har hon lidit av världssmärta. Människor runt omkring henne oroar sig för henne. Hon har försökt förklara varför men hon är tydligen så svår att förstå sig på.

"Tänk inte så mycket, du kan ändå inte göra något" Precis just därför känner hon världssmärta. Hon har försökt. Hon har försökt påverka men det gick inte så bra. Polisen, vänner och bekanta

tycker helt plötsligt hon är våldsbejakande vänsterextremist. Kanske inte så konstigt när hon demonstrerat och haft våldsamma konfrontationer med polisen. Eller polisen med henne. För det var hon som blev nedslagen av polisen när hon lydde deras order att gå därifrån. De var de som tog tag i henne bakifrån och drog ned henne i asfalten. Det var polisen som slog om och om igen när hon låg i en liten boll. Än idag kan hennes knä värka när hon gått en lång promenad.

Fast den sista tilliten till polisen och till makten slocknade när hon såg en polis rida över en ung kvinna. Utan anledning och han vände sig inte om för att se om hon levde. Den unga kvinnan låg blödande på asfalten och hon kunde dött Hon tog ett kort på polisen som log men ingen ville se det. För poliser ler när de ridit över unga kvinnor och det vill man inte veta…

"Du får ju rösta om fyra år, sen kan du ju inte göra mer". Hon orkade inte med att höra mer, så nu dansar hon i solen. Hon hoppar runt, runt och tittar upp på björkarna. Det vet hon hjälper för stunden. Hon hoppas saker ska bli bättre men tårarna kommer. Det här är så jävla fel! Allt är så jävla fel.

När hon berättar om hur hon känner för andra så får de panik och tror det är något fel som de gjort som gör att hon är så svår. Någon sorts skuld för hon inte är lycklig. De tycker det är något fel på henne, hon borde söka hjälp. Hon tycker det är mer fel på dem. Hur kan de leva sina liv och inte känna såhär?

Tänk att få stänga av, någon gång kunna stänga ute och bara dansa och andas utan att det gör ont. Hon är svag och oförmögen i förhållande till all världens grymhet. Hon har förlikat sig med känslorna på sätt och vis, men önskar att andra bara kunde förstå.

Batongerna slår alltid nedåt. De gör de, och de slår hårt. Även om batongerna inte är fysiska. Våldet utövas av en makt man inte ser eller kan ta på. Den finns överallt och är accepterad. Glatt lägger man ut hela sitt liv och glatt tar man emot våldet.

Uppgivenhet är ett fel ord men uppgivenhet är det närmsta som kommer den känslan. Likväl så finns det en tacksamhet över att få ha fötts just här, i Sverige. Landet som inte har varit i krig på evigheter, fast är i krig i alla fall. Beroende på definitioner av vad som är krig förstås. För visst har vi militärer i krig men ändå inte.

Våldet finns överallt men slår mest på de som inte har någon röst. LSS beskärs, arbetare får det allt sämre och arbetarpartiet har avskaffat värnskatten, begränsat strejkrätten. Individualismen växer och man fnyser åt de som gjort fel val. Alla har ju samma förutsättningar, eller hur?

Bara att ta sig i kragen. "Jag vet minsann en sexbarnsmor som pluggade och jobbade samtidigt och sen fick ett bra jobb". Förakt är våld.

Hon har förlorat vänner på grund av sin vanmakt och sin frustration. Hon grät den dagen hon förlorade en vän som hon älskat och de hade skämtat om deras olika uppfattningar. Sen brast det, föraktet för de svaga, för de som inte kan och hyllande av det vardagliga våldet blev för mycket. Det rann över och ord utväxlades som inte kan tas tillbaka. Såhär i efterhand inser hon att det bara var en tidsfråga men kommer i alla fall ihåg att hon haft en vän.

Hon har inga nästan inga vänner kvar, det tar för mycket energi att fejka att hon ens tolererar deras inställningar, deras banala ord och deras förmåga att stänga av världens grymhet.

Dansen under björkarna tar slut, hon tycker sig se någon som iakttar henne. En känsla av att det är någon hon har träffat tidigare, kanske någon hon kommer att träffa? Varför får hon en sån lust att spela schack?

Hon slutar dansa och går hemåt igen. Det får räcka för idag. Imorgon en ny dag, imorgon mer världssmärta och hon är glad att hon känner den.

För vem är normal och inte känner smärtan?

TRE Det enda som finns är rädsla

March order on my radio frequency
you feel the fear for your very existence
The counterattack becomes a reality
ranks are closed, we have contact with the enemy
(Wahre Helden, Funker Vogt, Musik is Krieg)

Bilen susar fram på Autobahn, inte speciellt fort. Musiken spelar och passande nog Funker Vogt om krigets meningslöshet. För vilka vet mer om krigets fasor än Tyskland. Landet som stod i brand och som på löpande band slaktade kvinnor och barn på mest otänkbara sätt. Faktiskt rent industriellt i sitt sätt, effektivt på löpande band. Judar, homosexuella, kommunister, personer med funktionsvariation, alla som inte var rätt.

Vi ska inte glömma historien! Vi har lärt oss! Vi bygger istället upp murar så andra kan göra det åt oss. Då ser vi inte det, det är förvisso inte längre gasugnar men fasa, avrättningar och det mest avskyvärda brott som kan begås. Mot kvinnor, barn, män, pojkar och flickor. Men det sker inte här, än. Vi har byggt våra murar och låter dem dö någonstans.

Det stora landet i väst, USA som spärrar in barn i burar och barn dör i dessa burar. Lite svinn får man räkna med... Det blir en notis, vi blir arga och det tystnar. Barnen sitter kvar, smutsiga, rädda och sjuka. Men nyheterna har inte tid. Någon kändis har knarkat och det är någon väg som inte lagats på tio år.

USA, landet där du kan bli allt. Här dör människor på gatorna, polisen skjuter de som har en mörkare färg. De poliserna hyllas. För de är beskyddare. Människor dör för de inte har råd att gå till läkaren eller så ransonerar de insulinet för de har inte råd att köpa mer. USA är en stat som vi ser upp till, men inte om vi konfronteras. Då är det inte så bra, men...

Det sitter flickor i ett läger, det rinner mensblod längs benen för de har inga mensskydd. Vakterna skrattar, flickorna har fått stå uppställda mot väggen och vakterna hade turats om att ta dem mellan benen. En vakt hade slitit bort en tampong. Uppradade mot väggen hade de stått nästan nakna, med blod rinnande längs benen och sänkta huvuden.

Den yngsta flickan är tolv år och det är första gången hon har mens. Det är kallt, de får infektioner för de inte kan hålla sig rena. Men inte har vi några koncentrationsläger längre. Det är ett fult ord och vi har lärt oss av historien

Gabriel är två år gammal. Han kommer från Guatemala och imorgon ska hans fall tas upp i rätten. Han ska representera sig själv. För så gör man nu, barn får representera sig själva i domstolar och har de inget giltigt skäl att stanna så utvisas de. De sitter där, så små och svarar på frågor de inte förstår. Inga koncentrationsläger och inte behandlar vi längre någon som vi gjorde då.

Manuela har letat i månader efter sin dotter som togs ifrån henne när de tog sig in i USA. De är illegalt här, men samtidigt så har hon ju rätt att söka asyl. Dotter ammande fortfarande och nu vet ingen vart dottern är. Men hon är en dålig mor, hon skulle inte kommit hit. I El Salvador som hon flytt ifrån väntar gänget. Hon vet att hon kommer bli torterad, i bästa fall avrättad för hon gjorde slut med maken som är gängmedlem. Hon har ingen rätt att stanna och utvisas utan sin dotter. Vart dottern är vet inte ens myndigheter. 10 dagar senare hittas Manuelas sargade kropp i ett dike. Vart hennes barn finns vet ingen än, men vem bryr sig för hon är illegal. Vi bygger inte längre koncentrationsläger och vi har våra Mänskliga Rättigheter.

Vi är inte i krig. Det finns inga koncentrationsläger längre. Vi har lärt oss av historien. Eller hur?

No emotion as the remaining fear flies away
in a war without a winner
Freedom for all - because faith makes you blind
these are the things that make a hero...
https://lyricstranslate.com/sv/wahre-helden-true-heroes.html

FYRA *Känna frid någon jävla gång*

And we're just children wanting children of our own
I want a space to watch things grow
But did I dream too big? Do I have to let it go?
And what if one day there is no such thing as snow?
Oh God, what do I know?
(South London Forever, Florence and the Machine)

Jag tror inte på det här, jag tror inte det kommer bli bättre. Även om min älskade lovade mig att allt skulle bli bättre. För några år sedan valdes Trump till president och då frågade jag om det skulle blir bättre. Visst skulle det bli det. Idag skämtar vi om det, för visst blir det bättre någon gång. Vi säger inte längre när.

Världens äldsta tonåringar. Vi har faktiskt fått höra det, och jag tycker det stämmer. För vem vill vara vuxen just nu? Så mycket har hänt att det inte går att sätta på pränt. Trots allt kanske jag är så lycklig som jag kan vara. Jag har någon gång sagt att jag inte är gjord för att vara helt lycklig. Det är ok, det är faktiskt det. Oroar er inte, jag är bara sån och det är helt ok. Jag mår i alla fall inte bättre när jag anklagas för att inte vara helt lycklig. *Good enough!*

Jag bor på en plats nu där jag kan vara, vara i alla fall helt ok. Det är kanske inte vad andra drömt om men det är min plats. När jag är mig själv så oroar sig andra och jag håller inne mig själv. Tills det brister och jag går sönder. Låt mig istället få vara sådär melankolisk och svår. Då brister det inte så mycket.

Det där lilla skrattet om mina val vad jag än väljer, ifrågasättandet. Det är det värsta. Jag går sönder då. Ni vet ju inte ens vad jag pluggat!

Jag vill ha en plats där jag kan odla saker, jag vill se när det växer. Jag vill ha djur omkring mig, jag vill bara leva. Men kanske är drömmen för stor?

Ibland dansar jag i solen för det är det enda som hjälper. Jag söker er bekräftelse för jag vet inget annat.

Livet är lätt säger vissa, jag säger livet är svårt. Mina fingrar dansar över tangenterna och orden blir ibland fel. För det mesta är jag ganska osäker men det får vara så.

Kan jag inte få vara ifred ibland utan att det ska vara fel? Jag är inte som andra och jag vill inte heller vara som andra.

Vet ni? När jag bodde på en ö var jag inte heller alltid lycklig. Då var jag bara bättre på att dölja det. Jag gick kilometer efter kilometer i skogen och tyckte törnbuskarna var vackra. Jag var glad för man skulle vara glad. Nu är jag precis samma person men lite, lite ärligare.

Nu är jag här, här vill jag vara och låt mig få vara här. Varje gång ni ifrågasätter det så tar ni en bit av detta ifrån mig. Ni sår ett frö av tvivel och jag vill känna frid någon jävla gång.

Jag önskar ibland att jag var bättre på schack.

FEM Ja, säg mig deras namn

Tell me their names
Tell me their names
Look into their eyes
And what do you see
Do you see their pain
And look blindly away
Do you hear their voices
Do you hear their screams
(All Our Sins, VNV Nation, Noire)

Låt oss prata politik. Ja, jag vet det är tråkigt och vi ska inte bli ovänner. Alla har rätt till sin åsikt och få uttrycka den. Det är det som kallas demokrati. Ta nu gärna och felcitera Voltaire och ljug att du är beredd att försvara den rättigheten med ditt liv. **Yttrandefrihet!** Fast du ljuger och det vet du själv. Jag är i alla fall inte alls beredd att dö för du ska kunna uttrycka din åsikt. Jag är beredd att dö för vissa värderingar men inte för vad du kallar demokrati.

Låt oss börja med det luddiga demokratibegreppet som vi sen ska vända och vrida på. Sen anpassar vi begreppet efter vad som passar just den perfekta kapitalistiska demokratins ideal. Du vet den där som inte funkar men som funkar bättre än någonting annat. Eller tja om den inte fungerar så är det fel på just det landet, den ledaren eller vad det nu kan vara.

Demokrati finns inte någonstans och vi förstår oss inte på den. Kapitalismen dödar och framför allt den där vansinniga globalistiska neoliberala kapitalismen. Folk dör som flugor i onödan. Miljön klarar inte mer och vi lallar på lite glatt.

Tycker du nu att kapitalismen är så fantastiska så läs introt till kapitlet. Tänk inte bort de som dör varje dag för att de inte har pengar i det fanatiska kapitalistiska systemet.

Finns det alternativ? Ja visst gör det. Det finns många alternativ som är bättre än vad vi har idag.

Men kommunismen har mördat fler än någon annan. Se på Kuba! Se på Sovjet! Se på Nordkorea. Orkar inte ta den debatten utom att fler har dött på grund av kapitalismen och dessutom har jag aldrig sagt att jag gillar Nordkorea. Säg det land som försökt sig på socialism och som inte direkt blivit invaderad för sitt eget bästa eller fått sanktioner som fått ekonomin att gå på knä. Så end på den "men de andra då!"

Vi behöver ett helt nytt system. Kommunism, socialism, anarkism? Varför inte en kombination. Jag tror inte längre på proletariatets diktatur. Ett gammalt begrepp så släpp det, för vi lever med samma texter under borgarnas diktatur. Så förklarat en gång för alla.

Jag tror inte vi kan ersätta en våldsapparat med en annan version. Staten är något ont så vi bör göra oss av med.
Vi kommer vara tvungna att offra mycket av de bekvämligheter vi har idag om vi vill att det ska finnas någon framtid. Men vi kan vinna mycket. Tänk dig följande:

Dagen gryr. Det är din tur att stå i köket idag, matvarorna var du med och transporterade igår. Totalt tog det tre timmar, det var din arbetsdag. Barnen var i skolan och lärde sig matte, historia, hemkunskap, filosofi och musik. De lär sig mycket för de ska växa upp till att bli sociala varelser som tar hand om varandra. Barnen får också utrymme att leka och de får inga betyg. Det finns nämligen ingen anledning för dem att konkurrera. Din son tänker bli sjuksköterska och hjälp till att vårda andra. Din dotter tycker om filosofi och kommer fördjupa sig i det. Bägge vet att de kommer få lägga tid på att hjälpa andra med att bygga hus, laga vägar, ta hand om äldre och undervisa. De kommer lära sig laga mat för alla hjälps åt.

Du kommer in i storköket. Här står andra, Micke, Sara, Markus och Gabby. Ni har femhundra att laga mat till idag. Visst är det inte så kul med linssoppa och bröd men alla får mat. Dessutom är det praktiskt att ha ett storkök där alla som jobbar kommer och äter. Mindre svinn och mer effektivt ur energisynpunkt. Det är inga importvaror från fjärran länder. Viss handel med närområdet finns men det mest odlas runt omkring på korta avstånd. Maten är inte längre i överflöd och borta är alla stormarknader.

Du jobbar inte mycket men det gör inget. Alla hjälps ju åt numera med det mesta. Staten finns inte längre. Visst händer det att det begås brott men mycket av kriminaliteten är borta. Det finns inget behov av pengar och när pengarna försvann så försvann det mesta av upphovet till all kriminalitet.

Droger, javisst förekommer det. Men så är det inte längre illegalt utan kontrollerat (jag ä ringen drogliberal). De flesta behöver inte längre knarka bort sitt liv. Mord sker men det har också minskat då samhället ändrats så radikalt. De som mår dåligt får hjälp och stöd, de som begår kriminella handlingar får hjälp.

En utopi? Ja, men lever vi inte i hoppet på en just nu? Jag har inte alla svar men tillsammans kan vi nog ta fram dem.
Vill du ha kvar kapitalismen och de vansinniga mord som sker i dess namn fortfarande?

Läs vad som står i låttexten och säg mig namnet på de som dör för dina rosor på bordet.

Eller känner du ingen skam?

SEX Vandra längst nya stigar

The feeling sometimes wishing you were someone else
Feeling as though you never belong
This feeling is not sadness, this feeling is not joy
I truly understand, please don't cry now
(Illusion, VNV Nation, Judgement)

Hon vandrade längst en stig, för henne ny. Hon upptäckte den av en slump, ibland är ju livet sådant, en slump. Egentligen var det backträning som gällde, uppför bara uppför. Nu gick hon in på stigen. Det är en kall och lite våt höstdag. Du vet sånt väder som tränger in men samtidigt är skönt att gå i. Stigen börjar vid en större grusväg, den går knappt att se innan man börjat gå på den.

Utsikten är storslagen. Bergen, det är många berg och vissa täcks av moln. Faktum är att hon nästan går i ett moln. Hon ser några små byar som ligger så nära men ändå så långt ifrån varandra. De har funnits där länge, många, många år. Hur kommer det sig att någon, eller rättare sagt några valde att börja bygga just där?

Hon stannar till och tittar över bergen. Det är så många olika sorters träd, grönt, rött, gult och brunt är färgerna som träden intagit för stunden. Några kan hon namnet på. Ek, kastanj, tallar eller rättare sagt någon form av pinjetallar. Sen finns det många andra lövträd. Ibland önskar hon att hon hade ord för allt hon ser.

Det måste varit så slitsamt att få upp allt byggmaterial dit upp. Dessutom bruka jorden. Småland, släng dig i väggen! Lika mycket sten fast på bergskullar!

Det är så många nyanser av grönt, inslag av rött och brunt. Det är ju trots allt höst. Stigen är stenig och regnet har gjort stenarna lite hala så hon får akta sina steg. Det är ju en bergsstig. Berget som är längst hennes högra sida är ett skifferberg. På den sidan växer det ljung och olika taggbuskar. På vänster sida, som är brant växer det ekar och bland annat björnbär. Björnbärsriset har torkat och somnat inför hösten. Några enstaka blad är kvar i grönt eller brunrött.

Luften är så frisk, den är fuktig med inslag av värme. Hon undrar vilka som gått längs stigen innan henne. Hör hon verkligen hemma här, eller inbillar hon sig bara? Kanske var det romare som byggde den gamla vägen? Var det visigoter? Stigen är i alla fall mejslad av människor och det finns lite stenmurar på några ställen. Vart stigen leder fram till vad vet hon inte än. Hon är nyfiken och vill veta mer. Vad finns runt nästa hörn?

Stigen slingrar sig, den är lätt att gå på. Hon ser ner i dalen så långt nedanför. Tänk att trilla här! Det är inte så dramatiskt som det låter. Det är inte ett stup rakt ner utan förmodligen hade hon bara landat i en taggbuske bredvid stigen. Stigen börjar närma sig en hage, där betar inga djur nu men man kan se de upptrampade stigarna i det gröna gräset. Alltid, alltid i backar. Vilken kondition det måste krävas att alltid jobba i slutningar. Gå upp och ned för berg. Varje dag!

Nu tätnar lövskogen. Det är nästan som att gå hemma i skogarna i Blekinge. Kastanjeträd och ekar dominerar. Så kommer hon fram till en av de vackraste platserna hon sett. Någonsin! Som om den väntat just på henne. En gammal ek, så gamla att det inte riktigt går att förstå allt den måste sett. Den är ihålig och det är en liten koja inuti. Här sitter än idag människor och söker skydd när de tar hand om sina djur. Som om tiden stått stilla.

Här står tiden stilla, just här och just nu önskar hon inte att hon var någon annan. Här finns en liten bäck, allt är som om skogen kramar om alltet och skyddar allt mot tiden och det som komma skall. Bäcken porlar lite över svarta stenar. I vattnet ligger stora kastanjeblad och vattnet är så rent. Uppför går det sen, en stig men hala stenar och fuktiga kastanjeblad. Hon undrar för sig själv om det är självbevarelsedriften eller om det är latheten som får henne att tveka att gå uppför.

Så ett steg, lika bra att gå upp. För vad döljer sig där uppe? Hon går upp och kommer till nästa hage. Hon har verkligen tagit till sig av naturen och allt är bara så otroligt vackert. Precis här, precis här är det meningen att hon ska vara just nu!

Så känslan av att inte tillhöra kan försvinna, den kan ändras om än i alla fall för en stund. Om du känner att du inte hör hemma, om du känner att du önskar du vore någon annan, någon annanstans. Det finns faktiskt andra som du som vandrar på stigar och undrar vem de är. Som tycker att allt är en illusion och den där känslan av att inte höra hit.

SJU *Inte ensam i natten*

I caught your reflection
In the neon on glass
An electric silhouette
Against a static sky
(When is the Future, VNV Nation, This is VNV Nation)

Vad var det? Vad var det som lät?

Det var något därute i köket. Hon ligger blickstilla i sängen. *Fan! varför sover hon naken.* Hon funderar på vart och vilka klädesplagg ligger på golvet. Rör hon sig kommer det höras. För hon inbillar sig att om hon inte hörs kommer inget att hända.

Hon hör ljudet igen, det är verkligen något där. Nu går pulsen i hundratio och det susar i öronen. Låste hon dörrarna? Hon tycker sig vara helt på det klara med att hon låste. Det är något som släpar sig runt där ute. Sakta, sakta över golvet. Vad det än är har det inte upptäckt henne än.

Hon vågar knappt andas. Det är ju inte så att hon inte sett 1 000 skräckfilmer som börjat precis som detta. Demon, sadistisk massmördare, spöke, galningar… Otaliga filmer rusar genom huvudet. Hon är i alla fall inte storbystad blondin, hon börjar nästan fnissa och inser det är skräcken. Hon är inte oskuld heller så det där med att offras lär ju inte vara aktuellt.

Det låter igen, det är någon som är i köket och det råder det ingen tvekan om längre. Hasar, det prasslar. Tankarna går tillbaka till om hon låste dörren. Sen inser hon att det spelar väl för helvete ingen jävla roll om dörrarna var låsta för det är någon inne i alla fall!

Hon är mest rädd för att det ska göra ont. Hon böjer sig fram då hon kom på att morgonrocken ligger precis vid sängen. Sängen knarrar till och det tystnar i köket. FAN, FAN!!! nu vet vad det nu är att hon är där. Mycket riktigt, hasande, sakta börjar något röra sig mot sovrummet.

Tända lampan? Ska hon verkligen se vad som väntar? I mörkret så är det fortfarande i lyckligt eller olycklig vetskap om vad det är, för ibland är det kanske bättre att inte veta.

Korridoren till sovrummet leds av till ett gästrum och en toalett. Hasande närmar sig korridoren.
Varför just jag? Varför i helvete just jag?!? Hon har i alla fall lyckats få på sig morgonrocken. Vara blottad, naken inför skräcken var outhärdligt. En mjuk morgonrock är i all fall en tröst.

Varför tänder det inte lamporna? Hur kan det se i mörkret? Hon ser ju själv inget, hur kan då någon hasa sig fram i ett främmande hus, i mörkret, bland möbler? Det är inte långt till grannarna. Kanske sådär hundrafemtio meter från ytterdörrarna. Problemet är, för att komma till någon av de två ytterdörrarna måste hon igenom korridoren. Det skulle aldrig gå, hon har inte samma supersyn som den hasande gästen.

Hon hör det skjuter upp dörren till gästrummet. Hon passar på att glida ned på golvet bakom sängen samtidigt som dörren till gästrummet knarrade. Nu är hon på golvet och syns inte direkt om det skulle titta in.

Golvet är kallt och hon fryser. Hon ser skuggorna av sina byxor som hon kastade av sig på golvet och tröjan. Vinst! Samtidigt som det hasar runt i gästrummet lyckas hon dra åt sig mjukisbyxorna och tröjan. Innerligt glad att hon inte hade de trånga jeansen på sig igår. Klädd känner hon sig genast lite tuffare, lite modigare.

Mobilen! Va fan! varför skulle jag detoxa sociala medier just nu. Mobilen ligger tryggt och avstängd ute i det kombinerade köket och vardagsrummet. Hon förbannar alla artiklar om vikten att inte ha mobilen i sängen. *Jävla hälsogurus! Som om detta skulle vara bättre än att vara lite beroende av Facebook...* Deras fel när hon äts upp med en god Rioja till.

Hasandet vänder. Det, vad det nu är börjar vissla. Precis som man gör efter en hund, inte ett ord bara visslande som en uppmaning att komma fram. Hon vet nu att det inte är ett djur. För djur kan inte vissla, eller? Hon har olika scenarion, i vissa är hon redan hos grannen och polisen har gripit det, en sadistisk kannibal tänker hon för stunden. I andra är hon fastkedjad i sin egen källare och, där vill hon inte tänka mer.

Visslandet, det står stilla. Hon hör hur det sätter sig ner i korridoren på prydnadsstolen. Det sitter nu och väntar på henne. Det har förstått att hon är i andra rummet och det har all tid att bara vänta. Det måste sett telefonen och vet om att hon inte kan ringa eller bryr det sig bara inte? Det hade kunnat gå rakt in i sovrummet. Varför inte?

Det:

Jag har sett henne länge, hon är sällan ensam. Varför jag lade märke till just henne vet jag inte. Det kanske var den där dagen hon dansade i solen och såg så ledset glad ut. Sen dess har jag följt henne, oftast på avstånd. Hon har mött mig flera gånger. Till och med lett mot mig. Hon är svår att fånga även om hon faktiskt flörtat med mig ibland. Det är något så sorgligt över henne och jag vill hjälpa henne att bli fri. Så mycket smärta bör ingen behöva bära själv.

Varför just denna kvällen? Jag har följt henne så länge så jag vet att det bästa är att hon lär känna mig. Det har ju gått så många år och hon har inte kommit frivilligt. Så nära några gånger. Hon är så arg, så arg och så rädd. Det är ju det som dragit mig till henne. Eller snarare henne till mig om jag får säga det själv.

Dörren var låst men lås spelar mig ingen roll. Inga dörrar stoppar mig från att komma in när jag väl vill. När jag kommer in vill jag lära känna henne lite till, jag har ju aldrig vetat mer än bara hennes känslor. Mörker bekommer mig inte, det har jag alltid levt i. Fötts i och kommer dö i, eller upphöra att existera i.

Hennes kök är så stökigt, det är stökigt i hela huset. På ett bord ligger hennes mobil och jag vet den är avstängd. Hon har inte varit på Messenger på flera timmar. Sist jag kollade hade hon skrivit något om detox av sociala medier på Facebook. Vi är inte vänner och hon har en ganska hemlig profil, men jag kan se det mesta i alla fall.

Jag hör det knarrar, jag har hasat fram för det är så jag går. Lyfter inte fötterna som andra utan glider snarare fram. Såklart vet jag vilket rum hon är i, doften av skräck avslöjar henne. Leka, vem vill inte leka ibland? Det är så sällan nu jag kan få leka. Jag vill också ge henne tid att acceptera det som komma skall. Så jag leker min lek, går längst korridoren och går in i gästrummet. Jag börjar vissla, det hade varit så mycket lättare om hon bara kom till mig.

Vänta, jag får vänta. När hon inte längre är rädd kommer hon att komma till mig. Det är inte så att jag har någon brådska. Hon tar upp hela min tid och hela mitt liv, sen den där dagen jag såg henne dansa under björkarna har jag inte haft något annat för mig än henne. Endast hon, av alla så endast hon. Så jag sätter mig ner på stolen och väntar. De kommer alltid till mig, i slutändan kommer de alltid frivilligt eller ofrivilligt. Jag ska väl inte överdriva och säga att alla välkomnar mina närmande. Dessutom, med galler för fönster så kommer hon inte smita. Tänk att behöva ha friheten att stänga in sig i en bur!

Hon:

Så himla käckt att huset är utrustat för med galler för fönster, toppen! Vad bra att kunna hålla alla galningar ute. Eller nu, inne! Så bra så, mer galler åt folket. Mer burar och mer rädsla för vad som kan komma in och aldrig tänka på att man ska kunna ta sig ut. *Fri, denna ljuvliga frihet att få stänga sig inne!*

Det är nu helt tyst. Hon är sarkastisk och arg. Adrenalinet har börjat kicka in och här ska det fan levas. Hon bestämmer sig, nu räcker det! Det är kallt på golvet, mitt i natten och mobilen ligger ute i rummet. Ska hon verkligen sitta här och vänta som en slaktkyckling?

Hon reser sig upp, det är fortfarande tyst i korridoren. Kräkfärdig av rädsla och på skakande ben börjar hon gå mot korridoren. Huvudet högt och rädslan som en filt lindad runt sig.

Ett steg, förbi sängen, ett steg till i mörkret. Hon känner sig fram mot byrån. Hon vill inte tända för hon vill inte se. Hon har bestämt att det är en han, typiskt män.

Sen inser hon att det är kört oavsett och tänder lampan och tittar ut i korridoren. Det som sitter där på stolen borde hon ha kommit ihåg. Hon känner så väl igen det och skrattar till. Kunde det inte varit lite mer originellt klädd än så? Så var det dags, hon öppnar munnen och trots rädslan fnissar hon till.

-Är det dags för ett parti med schack?

Vad ska jag svara på det? Hon kan i alla fall sina filmreferenser och även om ingen lurar mig så kan vi samtala en stund.

-Ja, varför inte? Låt oss spela en omgång. Men du vet att ingen lurar mig.

Jag kan också den filmen. Den roar mig och jag vet att hon aldrig sett hela för hon har somnat varje gång hon försökt. Hon ler mot mig och sträcker fram handen artigt och presenterar sig, fast vi bägge kan varandras namn. Såklart har jag bröder och systrar som också gör samma jobb. Vi har fått en ny chef och vi har högt uppsatta mål, kvartalsrapporter, tydlig feedback när vi ligger efter. Kvoten ska fyllas. Jävla privatiseringar till och med av Döden. Nästan gång ska jag inte se till att vi vinner den där upphandlingen, människorna gör ett så bra jobb. Vi skulle kunna ägna oss åt schack istället för att Döden ska söka upp varje människa.

Förutom de som dansar, glatt och sorgset under björkarna på sommaren. De som flörtar ibland och som längtar efter en trevlig omgång med schack.

ÅTTA Hur jäkla svårt ska det vara!

God of all, you broke my heart
Through the ages I've searched in vain for words
To the thrones of kings in broken temples
Legacies long memory and dust…
(God of All, VNV Nation, Noire)

Har du tänkt på hur länge vi människor gått omkring och förstört för oss själv. Hur vi än gjort så lyckas vi sabba det mesta. Helst för andra, de där andra. Helst i Guds namn, eller pengars namn.

Vi torterar varandra, dödar, förnedrar. Så skyller vi på religionen, för det är såklart religionens fel att vi hatar oss själva, varandra och andra. Men har du tänkt på att faktiskt Gud inte hade som plan att vi skulle använda hens namn för att slakta varandra på de mest uppfinningsrika vis bara vi människor kan komma på? Kanske var det såhär det gick till och kanske det är oss det är fel på och inte Gud.

Eftersom ingen träffat Gud så får Gud pronomen hen, du som retar dig på pronomen har nog redan slutat läsa efter första novellen. Eller hur Markus?

Gud tittade sig omkring, det var en svår sak det där att forma den lilla grönblåa planeten. En är ju inte allsmäktig tänkte Gud, bara duktig på att följa instruktionsböcker för planeter. Du vet, de finns i biblioteket eller rättare sagt fanns. Ingen vill väl att någon ska lyckas skapa något så groteskt som Gud lyckades, inte igen!

Gud gick omkring lite, solen sken så vackert om dagen och natten var så stillsam. Så tyst bara, visst hade det varit lite härligt med vackra ljud till allt det vackra. Gud har såklart inte växt upp någonstans, Gudar liksom bara är helt plötsligt. Lite som en AI som fått medvetande. Gud ville ha något liv så utifrån sina något (väldigt så här i efterhand) bristfälliga instruktioner. Så hen slängde in lite ämnen som skulle producera liv enligt boken.

Det borde funnits en varningstext med att det var betaversion av instruktioner. Lycklig över att ha gjort en så vacker plats så fortsatte Gud resa runt i det vackra utrymmet vi kallar universum. Tänk så mycket vackert! Tänk att få varit skapare av något så vackert.

Så gick åren, för någon som Gud gick det inte speciellt lång tid. För oss lite mer banala varelser ofattbart med tid. Undra vad som hänt på den vackra lilla blågröna planeten? Gud tar sig en titt. Hen ser vad vi idag kallar människor springa runt och mörda varandra, vi har ihjäl djur och dyrkar Gud som något allsmäktigt. Gud blir förfärad! Vad har jag gjort! Nåja, det där som springer runt verkar väl vara i alla fall lite intelligent, lite tänkande.

Gud vill inte blanda sig men skickar ner lite budord. Det där med dyrka andra Gudar borde väl fungera för att inte hitta på sätt att fortsätta döda varandra i någons namn. Gud slänger in det och tror att du nu ska fatta att följ dessa så fungerar allt bra. Löst sagt vill Gud:

1. Ha inga andra Gudar (snälla sluta hitta anledningar till att döda varandra)
2. Missbruka inte Guds namn (sluta för helvete döda i mitt namn)
3. Vila ibland, alla mår bra av att vila. Ha kul, jobba inte så mycket.
4. Var snäll mot de som fött dig och de du har nära.
5. DÖDA INTE!
6. Sluta vara otrogna mot varandra utan lev hellre i polyamorösa förhållanden om ni nu måste ligga runt. Älska den du vill!
7. Ta inte något från någon annan utan dela på sakerna som duktiga barn gör.
8. Ljug inte, då blir andra arga men var inte för ärlig för då slåss ni igen.
9. Sluta vara så jäkla avundsjuka utan hjälp varandra istället.
10. Sluta vara svartsjuka och om ni måste leva två och två var snälla mot varandra. Annars se punkt 6.

Gud tänker att nu så är väl allt i sin ordning. Det kan väl inte missuppfattas. De har en hel planet med massor av vackra saker, det räcker till alla. Gud är inte allsmäktig och leva tillsammans kan väl inte vara så svårt. Hen lever tillsammans med alla sina i universum. Här hjälps alla åt, ingen hatar för den andra gjort något bra. Det finns gott om plats för alla att ha kul och umgås. När Gud har berättat om sin planet så gläds alla andra. Det är som ett stort nätverk av kärlek. Precis som Gud tror det ska bli på Jorden nu när människorna fått lite tips.

Gud blir dock lite nyfiken. Tänk vilket Paradis det måste vara nu! Hen åker tillbaka. Helt plötsligt har hens ord omskrivits och gissa? Vi dödar lika glatt varandra och bygger upp någon form av materialism som inte behövs. Gud blir förtvivlad! Hen har valet att bara låta skapelsen förstöra sig själv. Men hen ser potentialen, det är ju så vackert och människorna är också så vackra. Det borde finnas något sätt. I sin avbild bestämmer hen sig för att skapa en man som talar till människorna. Det borde fungera! Jesus föds och de flesta vet att han predikade kärlek. Han älskade alla, han älskade kvinnor och män lika. Tyvärr, så kunde vi inte ta till oss detta.

Gud grät när han såg sin avbild hänga på ett kors och skrika hens namn. Fråga varför hen övergivit honom! Gud känner avsky för sin skapelse. Gud är inte allsmäktig eller kan göra något annat än se på när hens son saktar dör på korset. Gud försöker genom sin teknologi att visa att snälla, snälla bara var snälla! Hen skickar med budskapet att om vi tar oss i kragen och bygger ett solidariskt samhälle med kärlek och gemenskap ska allt bli bra.

Gud tänker att nu är det värsta över. Nu så! Människan har något att se fram emot. Livet, leva livet. Det finns ju bara ett liv och inget mer. Hur svårt ska det vara? Gud har sett till att kasta ritningarna till det där materie som skapar liv som blir människor. Det misstaget ska i alla fall inte upprepas någonstans i universum. Nya instruktioner har gett mycket bättre resultat på andra ställen. Det enda positiva de har nu att säga om människan är de kunde varit värre? Bra på att hitta på historier och förvränga ord är de där varelserna i alla fall. Gud får stöd och kärlek av sina gelikar. Ingen som hånskrattar, ingen som tycker annat än det var ett misstag som vem som helst hade kunnat begå med betainstruktionerna. De ryser tillsammans vid tanken på om fler hade råkat testa på just de instruktionerna.

Tiden går, Gud har nu lärt sig att det är bra att titta in lite då och då. Året är 2019, Gud tar en sväng. Så vackert det måste vara nu när Jesubudskap spridits. Älska varandra, män och kvinnor. Kvinnor och kvinnor, män och män. Var snälla, låt inte pengar betyda något, hjälp varandra. Ta hand om de svaga!

Gud flämtar till! Den vackra planeten är full av smuts, människor beter sig värre än någonsin. Kyrkan har tagit hens ord och förvrängt dem till något som skulle av Gud ses som det värsta som kan skrivas. Vi människor har lärt oss döda varandra med precision och i massor. Allt annat liv kuvas, plågas och dödas. Gud tänker, det här är helvetet! Jag har skapat helvetet!

Gud har nu två val, det har gått för långt. Hen är inte allsmäktig men hen kan knuffa den där lilla stenen mot jorden så allt upphör att existera. Gud kommer då på att det skulle göra hen lika vidrig som oss. Gud tar en titt, sakta faller en tår och Gud vänder sig bort i avsky för sin skapelse.

Gud har lämnat oss med några ord om kärlek, var snälla, arbeta men vila. Bry er inte om pengar, hjälp de svaga!

Gud kommer inte tillbaka utan reser runt och varnar de andra från att skapa människor. Varför tror du annars vi är ensamma i Universum? Vem skulle vilja skapa något sånt igen? Vi har skapat helvetet från ett paradis. Det är inte så illa jobbat!

Vi kan dock ändra oss, om du vill så kan vi. Men det är hos just dig det börjar. Gå ut på gatan och kräv ändring! Hjälp till att förändra samhället till något bättre som inte är kapitalism.

NIO Väntan, alltid denna långa väntan

Shine, shine your light on me.
Illuminate me, make me complete.
Lay me down, and wash this world from me.
Open the skies, and burn it all away.
'Cause I've been waiting,
all my life just waiting,
for you to shine, shine your light on me.
(Nova (Shine a Light on Me, VNV Nation, This Is VNV Nation)

Sen hon var ett barn hade hon lärt sig att man ska vänta. "Den som väntar på något gott...", väntar såklart oftast för länge. Så är det, de finns de som väntar hela sitt liv istället för att ta något. Men hon hade lärt sig vänta, för så gör man. Man tar inte, man ger eller väntar på att någon annan ska säga varsågod.

Ibland var vänta väldigt lång och det var ensamt. Ibland hade hon en konstig känsla av att det bara var hon som väntade på något. Vad hon väntade på var så olika, att få gå hem efter skolan. Mattelektionen skulle ta slut, vintern skulle ta slut, vänta på julafton och sin födelsedag. De där vanliga sakerna som barn väntar på. Fast ibland, ibland kände hon att hon bara väntade på något som hon inte visste riktigt vad det var.

Några gånger så tittade hon upp på stjärnhimmeln och undrade om hon kanske inte var egentligen en människa. För det verkade bara vara hon som hela tiden gick omkring med en längtan till något annat. Något hon inte kunde sätta orden på. Kanske var

41

hon från en annan planet och blivit dumpad här för att få känna på alla de där mänskliga känslorna. Så hon kunde rapportera om känslor, de kunde klassificeras och så skulle väntan vara över. Känslorna också.

Hon ville ofta vara själv, hon trivdes bäst med sina egna tankar och lekar. Det var inte korrekt beteende, barn ska leka med andra barn. Så hon väntade tills lekstunderna var över så hon kunde få vara själv. Sen lärde hon sig skämmas över att hon inte tyckte om andra. Hon blev en social person, lärde sig leka och visa upp ett yttre som skulle tilltala andra att vara med henne.

Den där fasade tog hårt på krafterna och ibland kom det små sammanbrott, hon saboterade för sig själv och då slutade andra att gilla henne. Hon försökte igen, och hon föll igen. Hela tiden mer säker på att det var något fel på henne, för inte kan det vara fel på ett helt system som har satt upp regler för ett visst beteende.

Nu hade hon börjat skämmas, vuxen och göra massa fel hela tiden? Vad är det för människa! De hemska felen som sårade andra och som gjorde henne till ett enda stor fel. Några brydde sig om henne och sade de gillade henne. Men hur kan de gilla någon som inte ens tycker om sig själv?

Hon hade trivts med sig själv, där när hon var barn och inte behövde låtsas. Fortfarande i vuxen ålder kände hon sig som någon som bara blivit satt här för att genomlida massa känslor. Alla dessa känslor som aldrig tar slut, tänk att bara få vila någon enda gång. Få alla dessa känslor bara bortbrända och få äntligen se lite ljus. Krav, alltid utifrån som tillslut även blev krav inifrån.

Önskan om att få bara vara verkade alldeles helt otroligt långt borta. Jobba och studera var ett problem, för hela tiden längtade hon och väntade på något annat. Förhållande likaså, alltid finns det något annat. Lättare mer äkta, något annat.

Så kom en dag när hon möte någon som kanske hade känt samma sak. Som kanske kunde förstå längtan och väntan. Det blev något nytt, inget lätt nytt och utan svårt nytt. För vissa människor är svåra.

Två människor som väntat och längtat ett helt liv är inte lätta. Framför allt när de inte ens vet själva vad de väntat på. Men kanske kan man vänta och längta tillsammans? Med allt vad det innebär när fasaderna ibland spricker, för man fortfarande har en fasad som man försöker hålla även om man inte behöver. Det är inte så lätt att skala bort det ytliga man lärt sig.

De väntar nog än idag, fast på något annat och något större. På att världen ska ändra sig, inte längre accepterar de att världen väntar på att de ska ändra sig. De är nog inte så ensamma som du tror.

TIO Laga det som är trasigt

And I'm not the only one who thinks we're trying to say
To the heavens and all who hear us: Behold all we have made!
We bring destruction, we bring war without an end
And then we live in hope that tomorrow never comes
That it never comes...
(Testament, VNV Nation, This Is VNV Nation)

Ibland går saker sönder och då försöker hon laga dem även om bitarna inte riktigt passar ihop. De lagningarna går ofta sönder igen eller så skaver de. Sen finns det stora saker som kan gå sönder. Mycket större saker en den lilla människan eller vasen. Hon visste inte riktigt innan hur mycket som kan gå sönder och hur stora saker kan gå sönder.

Ibland börjar det med en lite spricka, hon brukade försöka ignorera sprickor tills de blev så stora att allt bara brast. För det finns saker som är förstora för den lilla enskilda människan att laga. De stora sakerna kan lagas om många människor gå ihop och lagar det trasiga tillsammans.

Det hon såg var en spricka i en väl målad fasad av en tro till en ekonomi som dödar varje dag. Den eviga ekonomiska tillväxten och trickle-down teorin. Tron på den globala eviga ekonomiska tillväxten och dess förmåga att skapa välstånd till alla. Hon hade fått lära sig svart och vitt. Kapitalism bra, kommunism och socialism ont! Den lilla detaljen att kommunism och socialism är två olika saker nämndes inte. Blått det vill säga högern är bra, visst kanske lite blått med inslag av rött också tolereras. Så gick åren och hon blev vuxen. På en gata sköts en statsminister när hon var barn. Vissa firade med champagne och än idag firar högern ett mord.

Hon började läsa lite böcker och resa mycket. Något stämde inte, rika länder åker till fattiga och blir uppassade. De fattiga länderna skickar varor till de rika och trots att de jobbar mycket mer än någon hon kände, så var de fortfarande fattiga. Så åkte hon till ett land, ett hemskt land som behöver befrias för här får inte någon knappt andas. Nu hade hon läst om Rigoberta Menchú, om El Subcomandante, Ché, Fidel och Marx, och något hade börjat spricka i fasaden. För det fanns system som kapitalismen och de högern stött som knappast kunde vara bra Apartheid, militärjuntor som störtat folkvalda regeringar. Bondepartiet (C) som menade att Judefrågan var en intern angelägenhet. Att faktiskt så kanske inte Sovjet var så jäkla svartvitt och ont. Kanske de röda inte var de onda och de blåa inte de goda? Kanske befriade Sovjet Tyskland från nazister, kanske skrevs historian av Väst?

Det hade nyss börjat gå resor till den lilla ön, det var någonstans i slutet på 1990-talet. I det där hemska landet som råkar vara ett tropiskt paradis så var det fattigt, men människor var välutbildade och de allra flesta hade mat och hus. Barnen gick i skolan men det var fattigt. Fast hon hade varit i rikare länder där de som bodde i landet hade det mycket värre. Där var det demokrati, frihet att inget ha. Frihet att vara fattig och skylla sig själv.

Länder som tydligen var bra länder för där kunde man äga och man kunde tjäna mycket mer pengar och ha andra att städa som tjänade lite. Nu var hon säker på att faktiskt så är det blåa inte gott och det röda inte ont. Vänster är solidaritet och blått är egoism och ondska.

Det startades krig för att befria länder från hemska ledare, som av en slump länder som har olja. Folkvalda regeringar underminerades och det startades finansierade upplopp av kapitalister för att säkra sina ekonomiska intressen. Så högern startar krig och ser hellre hårda diktaturer än ett samhälle byggt på solidaritet. Att ett fåtal får äga mycket är alltså viktigare än att många har mycket tillsammans.

Nu hade saker gått sönder och hon ville laga dem, men nu hela samhället. För idag är samhället uppbyggt så att vi hoppas att morgondagen aldrig kommer och det enda högern gör är att starta krig utan slut. De förstör och förgör. Det betalar för mord och de bygger murar. De bygger burar och de bygger hat.

Så hon träffade andra som ville laga allt, fast det är så många som är vänster som vill laga på så olika sätt att de inte riktigt kan komma överens. Så hon blev ovän med några andra fast de nästan ville samma sak. Sen gick mer sönder, nazister marscherar med hjälp av polisen, länder tas över av ledare som inte längre försöker ha en fasad. I Sverige är Socialdemokratin död och begravd och ersätts smygande av fascism. I Sölvesborg har fascism krupit in i väggarna med hjälp av M. För högern och fascismen går hand i hand. Kapitalismen och fascismen är som ett älskande par som ger sig ut på en mördarturné.

Runt om i världen tar människorna över gatorna men då förklarar man krig mot befolkningen. Batongerna slår nedåt och de slår hårt! Efter man tagit allt ifrån dem och gett till några få. Torka, klimatkris och miljoner på flykt runt om i världen.

För att laga samhället behöver det kanske ske en revolution, den behöver inte vara våldsam men den måste ske. För hon kan bara laga världen om du hjälper henne, eller om du ber henne om hjälp.

För det borde finnas mer att göra än att vänta på att en främling vill spela schack. Eller hoppas på att imorgon aldrig kommer, eller hur?

ELVA Mea culpa?

Touch the screen , plug me in
Just press the key, velocity
Record my life, design my fear
That's why I brought you here
To make me care
(Everlasting, Icon of Coil)

Jag vet vad som gick fel, de visst vi alla som var kvar i spillrorna efter egoismen och kapitalismen. Många hade dött i företagens krig om marknaden och makten. Ledare efter ledare att hade sällat sig till de som hade. Vatten är inte en mänsklig rättighet, rätten till din kropp är inte en mänsklig rättighet. Framför allt inte om du är kvinna, livmodern tillhör staten och är politik. Hudfärg är politik och att andas är politik.

Jag kommer ihåg hur det började, det började med små varningar. Sen kom allt fler, forskare varnade. Politiker lyssnade inte, för konkurrenskraften i just det landet kunde inte påverkas. Det skulle ju påverka ekonomin.

En ung flicka började hålla tal och startade demonstrationer. Hon blev hatad och en dag sköts hon av en ensam galning på gatan. Han fick tre år i fängelse. Några firade, vissa politiker menade att man får skylla sig själv. Hon gjorde sitt val och hon provocerade.

Klyftorna växte och fokus lades på små saker som distraherade människor från att se de egentliga problemen. Nyheterna började rapportera men på ett konstigt sätt. Upplopp och kaos men utan att riktigt nämna varför. Det faktum att människor tröttna, de vill ha en förändring och de ville ha den nu. Militären sattes in och det blev tyst. Inte tyst egentligen men nyheterna rapporterade inte längre.

I USA satt en president kvar fast han förlorat valet. Han valde att bara säga NEJ, jag accepterar inte en förlust. Inget hände, militären gjorde inget och det började försvinna oliktänkande. Vi fortsatte som ingenting. I Sverige bildades en regering med SD, KD, M och L. Socialdemokratin gav sitt stöd. Vänstern blev efter ett tag tyst, oroande tyst för vissa försvann. Det byggdes upp olika center, läger kallade vissa dem. Men de som kallade dem läger hamnade i läger. Polisen och militären började patrullera gatorna. Det var olagligt med så mycket nu men ingen gjorde något. De flesta menade att lagen är till för att följas även om det innebär att vissa ska bort.

Klimatet blev som varningarna. Det var människor på flykt men gränser stängdes och bomber släpptes. Vi har inte plats, råd eller lust. Familjer splittrades, vänner blev ovänner.

Jag hade tur för jag satt på en plats där tiden stått stilla. Höll mig undan feg som jag var, jag vågade inte och tyckte också att de som nu hade stött den makt som släppts fram fick skylla sig själva. Jag grät över orättvisorna och jag var arg på allt som hände. Men vad hjälper ilska om du inte går ihop med andra och kräver ändringar?

När krigen om tillgångarna började så vågade man börja släppa kärnvapen, för då tystnade skriken från de som sakta dog i svält och utan vatten. Lättare så, det som inte längre finns behöver vi inte se. Ekonomin blommade och de som redan hade något levde i lyx. Barn svalt ihjäl utan för hus med swimmingpool och samtidigt som andra skålade i champagne över att ha vunnit kriget. I Stockholm, i Rom och i Madrid. Samma syn, samma ledare och samma personer.

Sommaren är lång nu, hösten och vintern är samma sak och våren är sommaren. Det är varmt och det är torka även här. Det finns inte längre några djur, de klarar inte sig utan vatten. Vi ransonerar vatten och klarar oss precis på det vi kan ta upp ur jorden.

När allt gick fel, när saker gick sönder fick jag ett samtal från en vän från förr. *"Du hade rätt, jag hade fel. Jag behöver din hjälp, kan jag få komma till dig?"*

Jag skäms lite men det var lite skönt att säga, *"du får skylla dig själv, du kunde ansträngt dig och du kunde gjort andra val. Så sa du sa om de andra, långt innan det drabbade dig. Man ska följa lagen sa du när andra dog."* Sen lade jag på. För alla gör vi val eller hur?

Sen kom sjukdomarna, fler dog. Idag ligger världen i spillror och vi är inte många kvar. Såklart har vissa det bättre än någonsin för nu behöver de inte dela. De visste vad som komma skall och hade förberett sig.

Det går ju så snabbt, så snabbt och alla har ett val. Alla har ett val, även de som inte kan välja. Vi har alla samma förutsättningar och om vi bara lägger manken till så lyckas vi. Den som misslyckas har gjort fel och får skylla sig själv. För systemet är inte riggad till någons fördel alls.

TOLV Du duger precis som du är (#inteallamän)

Tell me what you need
Oh, you look so free
The way you use your body, baby
Come on and work it for me
Don't let them get you down
You're the best thing I've seen
We never found the answer
(Hunger, Florence and The Machine)

Visst är det skevt att så många kvinnor tittar sig i spegeln och hatar sin kropp, sig själva? Visst är det skevt att vissa har så mycket att de måste svälta sig själv när andra svälter?

Mest är det skevt att de som svälter många gånger är de som levererar till de som svälter sig själva. Ett konstant överflöd av välstånd och för andra ett konstant tillstånd av brist på välstånd.

"En kvinna kan aldrig vara för smal, eller för rik". En smal kropp är en kropp som är en kropp som ska tuktas, ett sinne som har disciplin. En kropp som inte är smal är ett tecken på brist på karaktär. Ett samhälle som matar kvinnor med bilder på andra kvinnor som med hjälp av teknik formats till en kropp som är åtråvärd. I samma tidning som det står hur du svälter dig själv finns det recept som gör din kropp till avskyvärd.

Svält, svält är bra för en kvinnokropp men lär dig att bilder på smala kvinnor som äter är härliga. Tjocka kvinnor som äter är äckliga.

Män (#inteallamän) tittar uppskattande på kvinnor som tuktar sig och i samma mening berättar de får kvinnan de håller i handen att hon är fin som hon är. På så sätt ställs kvinnor mot varandra. Den vackra och den som duger. Män tänker nog inte alltid på konsekvenserna för vad det innebär att duga men inte vara den vackra. Kanske säger du att du älskar alla sorters kvinnor och inte inser att du borde sagt att du älskar just henne. Inte alla sorters kvinnor, utan att det är just precis hennes typ. Att hon är unik. Det finns kanske en anledning att det finns en skräckfilm som heter just "Och han älskade dem alla".

Kvinnor ska vara lagom, lagom roliga, lagom tuffa och lagom allt. Vissa menar att de är annorlunda. Du får höra att du inte är som de andra han träffat, de var galna, tråkiga, inte bra i sängen och du blir glad. Fast du borde fråga, så vad gjorde du för att hon skulle bli galen och varför var du så dålig i sängen?

En kvinnokropp som tuktats med kniv ges blickar men kvinnor som då känner : *jag också borde tukta min kropp med kniv*. De får höra att de är fina som de är de ska vara naturliga.

Sen finns det exotismen, kvinnor som är mystiska och som är orientaliska, de har tydligen också ett visst beteende. Som om de vore ett homogent kollektiv och inte individer. De ställs mot andra kvinnor som inte är det vilket är lika absurt. Män (#inteallamän) pratar om dessa varelser som inte är som de hemma. Kvinnor är ett objekt Kvinnor som talar om exotiska män och dess skönhet pratas bort. Det är inte lika kul. Men å andra sidan är sexism aldrig kul.

Kvinnor hugger varandra i ryggen, det är lite gulligt med drama så länge den håller sig inom satta gränser. Kvinnor ska vara framåt men inte för framåt för då är det bossiga. Dominerande och fel. Är det detta som kallas patriarkala strukturer?

För många kvinnor är relationer det svåraste, framför allt heterosexuella relationer. Kanske för att hela tiden mätas med andra men samtidigt ska man vara nöjd och inte påpeka att man är trött på att mätas. Jag tror inte alltid män förstår vad de gör, för de har lärt sig så tidigt att kvinnor kan mätas och klassificeras. Irrationella kvinnor. Heterosexuella relationer är också rent livsfarliga för kvinnor för kvinnor dör för de ska tuktas i händerna på den som de älskar.

Kvinnor lär sig att mäns ord är det som är det som gäller. Det är kanske inte så konstigt att porren domineras av kvinnor som tuktas, tills kvinnor faktiskt snarare identifierar sig mer sexuellt med mannen än med kvinnan. Det kanske finns en anledning till att om du söker på Youtube efter sensuella män som dansar att det inte ger några träffar. Det kanske också inte är så konstigt att de flesta män i porrfilmer är allt annat än vackra.

Det kanske finns en anledning till att de robotar som tas fram är lydiga och vackra kvinnokroppar. Den perfekta kvinnan, utbytbar och lydig.
Kvinnor slås ihjäl av sin partner, kvinnor tuktas med våld när beteendet inte duger. Kvinnor slås ihjäl och misshandlas när hon mäter en man och jämför dem med andra. Kvinnor lär sig att sex är uppskattning och visst är det vackert när två kvinnor har sex. Helst för att en man ska titta på och få vara med, kvinnor är till för mäns behag.

Män är ett problem för kvinnor, män gör kvinnor galna och sen säger män att kvinnor är galna. Men hur tror de att det känns att bli mätt och jämförd så ofta? Varje dag. Rädslan för att det ska vara någon vackrare, någon mer exotisk, någon som är yngre som till slut mannen väljer? För intet kallas dessa troféfrun.

Kvinnor anammar många gånger mäns beteende för mäns beteende är bra. Manligt/kvinnligt i binärt förhållande. Bok efter bok skrivs om detta, bok efter bok om patriarkala strukturer, om manliga och skadliga beteende. De män som kallar sig feminister är det till en viss gräns (#inteallamänsomkallarsigfeminister). Tills feminismen inkräktar på deras beteende och tills krav ställs. De goda männen ska daltas med, som om de vore något speciellt för de är som de borde vara.

Det finns bra män, män som inte säger de är feminister och som inte jämför. Som inte ser två kvinnor tillsammans som något sexuellt. De som inte vill dela kvinnor som om de vore objekt som kan delas. De männen är lite som enhörningar. De kvinnorna kanske gjorde ett val som de ibland ångrar, de kanske har haft just män som inte jämför dem och helt plötsligt lärt sig att de kan bli jämförda. Ord som inte får sägas. För faktiskt så stämmer det att inte alla män. Ni är bara så få!

Kanske ligger just kvinnan bredvid dig och ångrar sig? Kanske är tåren hon fäller just över saknad av det hon hade, över han som inte är du. Kanske var du inte det bättre alternativet i längden. Men så vet hon att det inte går att ångra sig. För en enhörning är svår att finna. Riktiga män är svåra att finna. För vad som kallas alfa är egentligen ingenting, absolut ingenting.

Mansbebisar, kvinnor kallar faktiskt män så ibland. Män som tror att de inte kallas så för de tror de är alfa. Män som läser detta kommer känna sig träffade och glo surt. För de vet att de inte är så bra som de säger att de är.

Nästa gång du träffar en kvinna som uppvisar ett galet beteende, som reagerar, som kontrollerar, som tar illa vid och som ifrågasätter. Fråga inte vad det är för fel på henne. Fråga vad män har gjort som gör att hon reagerar, som gör att hon är svartsjuk och ledsen. För troligen är det så att hennes upplevelser från en annan man faktiskt format henne till den hon är.

Och kanske, kanske kan kvinnor aldrig bli fria på riktigt så länge män finns (#inteallamän).

Sexism är fel oavsett om det är män eller kvinnor som utövar den. Så nästa stycke är såklart hypotetiskt och #inteallakvinnorsåklart. Men jag vill skriva det som är fel.

Det finns en anledning till att många kvinnor vill se en manskropp som dansar endast för henne, som bara ser henne, som hon kan bedöma och kanske rata för en annan kropp som är lite vackrare som kanske är lite mer exotisk. Men du man som inte är lika vacker, som kanske inte är lika åtråvärd. Du duger som du är. Du ta inte åt dig och du tycker såklart inte det ger ett sting när den du är tillsammans med ser någon som är vackrare än du. För du duger, duger, glöm inte det du **duger**.
The way you use your body, baby, come on and work it for me.

TRETTON Samtal med min terapeut

Grab me by my ankles
I've been flying for too long
I couldn't hide from the thunder
In the sky full of song
(Sky Full of Song, Florence and the Machine)

En vanlig tisdag efter jobbet. Jag är bara så trött och lusten att spela schack är så stor. Men inte än, jag är inte redo än.

Berätta varför du är här?

Därför jag inte orkar mer, jag orkar bara inte mer.

Berätta mer, vad är det du inte orkar.

Han tar allt som är jag. Det finns snart inget kvar av det som var jag.

Vad har hänt?

Så mycket sen jag var här sist. Jag vet inte vart jag ska börja. Det har spårat ur totalt, men jag vet inte vad jag ska göra.

Jag kan inte säga vad du ska göra men jag kan lyssna.

Det finns saker som jag inte kan tala om. Det kanske är mig det är fel på. Vi grälar hela tiden. Jag kommer hem och inte ens ett leende, inte en uppskattning.

Så du känner dig inte sedd?

Nej, jag vet inte vart jag ska börja. Han slår mig ibland och jag vet inte vad jag ska göra. Jag älskar honom. Jag anordnade en utbildning om mäns våld mot kvinnor och allt är ju jag.

Varför stannar du?

Jag älskar honom. Han har det svårt, han menar inte så. Men det finns inget av mig kvar.

Du är ju här? Du ska inte behöva ha det såhär.

Men jag är ju så fel. Alltid så fel.

Varför älskar du honom om han slår dig?

Jag… jag vet inte. För jag kan inget annat.

Hur mycket finns det kvar av dig?

10-20 % kanske. Jag har inte alltid varit såhär men jag kommer inte längre ihåg vem jag är. Jag vill tänka, jag vill åka bort, jag vill inte finnas längre.

Varför åker du inte bort?

För jag vet inte vad som skulle hända, För jag orkar inte. Jag är så trött, så trött på att hålla fasaden uppe. Jag gråter på toaletten på jobbet och jag ljuger för alla. För jag tror det kan ändras, för jag tror det är en fas.

Jag kan inte ge dig svar, jag kan bara säga att du duger.

Samtalet tar slut, dags att hålla fasaden uppe och hoppas att allt ändrar sig till slut. "Så levde de lyckliga..." Sagan som alltid slutar så. Kanske gör den det, kanske är det så att lyckan inte alltid kommer direkt. Kanske så slutar sagan som den brukar. Kanske har han rätt att jag förtjänar det jag får för jag är så svår.

Kanske känns det bättre om jag bara dansar under björkarna till sommaren? Kanske någon iakttar mig som jag inte riktigt ser. Kanske jag får spela ett parti schack med en främling en kväll?

FJORTON *Vad var det Voltaire sa?*

I want justice for a voice that can't be heard
Vindication for every suffering and hurt
Let retribution hold dominion over earth
Because judgement day's not coming Judgement day's not coming
Soon enough
(Nemesis, VNV Nation, This is VNV Nation)

Våld är fel, våld är alltid fel och aldrig lösningen. Eller? Varför finns då krig, varför slår då batongerna nedåt? Varför deklarerar regeringar krig mot sin egen befolkning när den inte lyder? Var skjuts arbetare när de protesterar och kräver förändring?

Så våld är lösningen, ibland. Rätt våld, våld från de som sägs ha våldsmonopol. Visst våld är alltså inte fel. Våld från de som intar gatorna och kräver sin rätt är fel, om de inte vinner slaget på gatan. Det finns revolutioner som är rätt, för de har rätt värderingar enligt de som skriver historia.

Lagen kräver fred, men är det verkligen fred vi vill ha? Sånger sjungs och lever vidare. Det börjar med små protester, några visar missnöje och skrattas åt. Till skrattet abrupt tystnar för de är många de som intar gatorna. Det kan vara en lite sak som utlöser våld på gatorna. Bensinpriset höjs lite, bara lite. Kollektivtrafiken blir lite dyrare. Egentligen är det bara toppen av ett isberg. Enough is enough.

Kanske har en grupp människor tröttnat på att deras hudfärg avgöra hur vilka straff de får, att de diskrimineras för sin hudfärg av de som har våldsmonopol. Kanske för att de inte är lika inför lagen. Kanske för våldsmonopolet kan skjuta dem som hundar utan att straffas. När de intar gatorna och ger igen genom att använda samma våld som de utsätts för är det fel. De ska vara tysta och kanske visa sitt missnöje tyst. De som inte har samma hudfärg säger att diskriminering inte finns, det beror på något annat.

De som har den priviligierade hudfärgen vill inte förlora sina privilegier för det samhället vi byggt upp bygger på att vissa är lite mer värda än andra. Då kommer protester om att alla hudfärger minsann är lika mycket värda. De finns de som har den priviligierad hudfärgen som ställer sig på samma sida som de som diskrimineras. Tills våldet kommer. De som stannar kvar, de som tar emot våldet som inte är avsett för dem, de är inte hjältar. De är medmänniskor men de är fortfarande priviligierad och kan välja. Var James Brown.

De är dock villiga att verkligen ta emot våld för rättvisa. Blöder du sida vid sida med andra menar du allvar, så är det. Möter du våld med våld är det inte fel. Våld kan aldrig vara målet. Men ibland är det nödvändigt. Ibland får de som har våldsmonopol dö för att de ska ske en förändring. Franska revolutionen, oktoberrevolutionen, revolutionen i Kuba, frihetskrig, Arabiska våren, revolutionen mot Sovjet... Vissa är frihetskrig i våra böcker, andra är bara våld och skapar förtryck. Kanske det är tvärtom men de som vunnit skriver historia. För visst blev det så bra i Irak!

Vissa detaljer stryks ur böcker, skrivs om beroende på vem som har makten. Oavsett om makten är blå eller röd.

Idag är solidaritet och kamratskap något farligt, individualismen och egoism något bra. Oavsett slår batonger alltid nedåt. Staten är en repressiv makt som alltid kommer bruka våld. Poliser som väljer den repressiva staten har gjort ett val och kan mötas med våld.

Våld är att tvingas vara fattig för att andra ska ha mycket. Våld är att dö för du inte har råd att köpa mat eller medicin. Våld är att du för du har en annan hudfärg diskrimineras strukturellt. Kapitalism och marknadsekonomi är våld. Multinationella företag är våld. Privat ägande är våld. Sexism, homofobi och funkofobi är våld. Hemlöshet är också våld.

Våldsamt motstånd är inte alltid fel utan ibland nödvändigt. Ta upp vapen om en repressiv polis, eller en repressiv stat är inte fel (såklart uppmanar jag inte till våld för våldets skull).

Om du går ut på gatan och kräver din rätt maskerad är inte fel. Det är skydd, ta till våld mot fascism är inte fel. Det är till och med nödvändigt ibland. Var det inte så andra världskriget tog slut?

Vissa gömmer sig bakom maskering för de vet att våld är nödvändigt, men att om de visar sitt ansikte slår batongerna. Register som gör att de kommer förlora jobb, möjligheter till jobb. Kanske mamman du möter på gatan med barnvagn maskerar sig och slår tillbaka mot batongerna. Hon skulle förlora barn och jobb om hon inte maskerar sig.

Vad vill jag ha?

Avskaffandet av privat egendom, ingen ska exploateras och resurser ska delas efter behov.

Avskaffandet av staten och all repressiv makt. Inga regeringar, oavsett form.

Nätverk som hjälps åt av fri vilja, ekologiskt hållbart samhälle.

Forskning och vetenskap i fokus som inte utgår från individualism och kapitalism.

Alla ska ha möjlighet att utvecklas, barn ska få utvecklas till att bli sitt allra bästa jag. Utan att mätas med andra barn. Ingen konkurrens.

Krig mot religion och kapitalism.

Krig mot nationalism och fascism.

Slut på alla former av diskriminering.

Nytt samhälle där vi inte överexploaterar jordens resurser.

Demokrati yras det om ibland, rätten att få säga vad man vill i yttrandefrihetens namn. Nazister ska skyddas, homofobi och sexism är okey. Feminister är värre än nazister fast nazister vill döda och feministerna helt enkelt att kvinnor och män ska ha samma rättigheter och skyldigheter. Vilket innebär att alla patriarkala strukturer måste bort.
Jag är dock beredd att ta upp kampen mot den repressiva staten, jag vill inte dö för mina ideal. Det vill nog ingen men kanske, kanske finns det ideal som är värda just det. Kanske kräver det att gatorna brinner, att våldsmonopolet avlägsnas med våld. Fast vill vi verkligen det ska sluta så? Vi kan så mycket mer än våld.

Våld, våld kan aldrig någonsin vara målet.

FEMTON Hyllning till kärleken vad det nu än är

It's so quiet I can hear
My thoughts touching every second
That I spent waiting for you
Circumstances afford me
No second chance to tell you
How much I've missed you
(Beloved, VNV Nation, Futureperfect)

Vad är egentligen kärlek? Hyllmeter efter hyllmeter med böcker om kärlek. Dikter om kärlek. Filmer om kärlek, lycklig kärlek, svår kärlek, omöjlig kärlek. Forskning om kärlek. Låtar om kärlek. Vi vill fånga kärlekens essens. Hitta svaret på en gåta som kanske inte kan få något svar. Människor tar livet av sig för kärlekens skull. Viss kärlek är accepterad, annan inte. Vissa mördas för sin kärlen. Andra dör i händerna på sin kärlek. Kärlek gör oss galna, kärlek får oss att göra otänkbara saker. Kärlek får oss att gråta, skratta, bli lyckliga och bli olyckliga.

Kärlek är svårt helt enkelt. Den är också det som gör att livet har en mening. Kärlek är mer än två människor som accepter varandra och som väljer att vara med varandra. Kärleken är kanske ett val eller inte. För kan vi verkligen bara bestämma vad kärlek är. Kärlek tar slut, eller gör den? Byter den inte bara skepnad och vi känner inte igen den?

Kärlek kommersialiseras, du lär dig att kärlek har ett pris. Du köper blommor, choklad och skålar i champagne.

Jag har älskat många gånger. Varje gång olika, varje gång har kärleken tagit slut. Eller inte alltid, den har bara ändrats. Jag vet jag får alla jag älskat att känna sig utvalda, speciella och jag har alltid svikit.

Ibland vill jag berätta för dem jag älskat att det faktiskt inte var något fel på dem. Det är mig det är fel på. Den mest slitna av alla slut på förhållanden. Kärlek har aldrig tidigare gjort mig galen, men nu förstår jag. Kärlek kan göra dig galen. Kärlek kan vara gränslös och se bortom fel. Kärlek kan göra att du accepterar sånt du aldrig tidigare skulle kunna acceptera.

Jag skäms, hur jag visar min kärlek till den jag älskar idag, vad jag gör för att få kärlek, för vem jag blivit, för vad jag känner, för gränslösheten och för galenskapen. Sen skäms jag över vad jag är villig att ta emot för kärlekens skull.

Kärlek kan tydligen göra ont, kärlek kan tydligen få dig att vilja skada dig själv för att i alla fall känna någon form av makt. Makt och kärlek, maktlöshet och kärlek. Hur blev kärlek en kamp om makten? Rädslan över att inte längre ha makten att bli av med kärleken. Den kan få mig att dansa under björkar och vilja spela schack.

Jag trodde jag visste vad kärlek var, så fel jag hade. Jag trodde ärligt att kärlek inte skulle så tvivel om att duga.

Kärlek är också något större, så stort. Jag förstår nu hur jag fått andra att känna, de många, tyvärr alldeles för många kvinnor som ringt mig och bett mig ge dem tillbaka kärleken jag tar ifrån dem. Stunderna av stulen kärlek som tog något ifrån andra kvinnor. Jag tyckte de var svaga, men lämna då? Hur svårt ska det vara?

Idag skulle jag vara den kvinnan som ringde och grät, skrek. Så ironiskt så många som skulle skratta. Jag vill ringa upp de som lät mig ta kärlek från någon annan. Jag skulle vilka fråga varför de gjorde så mot den som älskade dem?

Det finns två som lät mig ta kärlek från någon annan som jag verkligen skulle vilja träffa igen. Jag skulle vilja fråga också om de inser att tack vare dem är jag nu själv orolig för hur lätt det är att svika kärleken. Det kanske är mitt straff.

Er kanske jag tänker lite mer på än andra. Jag vet vart ni bor, jag vet att ni är kvar och blivit förlåtna. Korten på den lyckliga familjen som ni stoltserar med idag. Till dig som inte gillade sparris och till dig som jag hjälpte att flytta och stal kyssar från bakom ryggen på din sambo som precis fått barn.

Till dig som ville jag skulle vänta 10 år och som jag ville vänta på. Vi firade min 20 årsdag tillsammans, vi lyssnade på Queen och du hade gömt en flaska champagne till mig. Vi firade nyår ihop, millennieskiftet som skulle markera en ny start. Sen ringde du och berättade att din fru var gravid.

Jag lät också dig ta min kärlek från en annan. Jag blev också förlåten. Jag räknade ner de första åren, men 10 år är en lång tid och ingen av oss ville nog längre ha varandra då. Du ville nog inte ha mig innan heller för den delen.

Fast lite hoppades jag när jag fyllde 30 år att du åtminstone skulle önska mig grattis. Bara för att veta att du inte glömt. För jag har inte glömt att du inte gillar sparris för jag fortfarande inte kan lyssna på Queen utan att tänka på dig. Jag undrar om du någonsin lyssnar på Queen och tänker på mig?

Men kärlek är också det största av allt och kanske, kanske kan jag acceptera att jag inte äger kärleken. Men inte idag, inte idag. Idag är det jag som inte vill annat än att du ska älska bara mig. För du är säker på min kärlek, för det egentligen dig som allt handlar om. För du gillar sparris och för du inte låter andra stjäla kyssar bakom min rygg, eller?

För du gör mig galen och för jag skulle vänta på dig även om det gick 10 år. För jag hade förlåtit dig om du hade låtit andra stjäla kärlek. Men det skulle förgöra mig, För om jag inte har dig, vad har jag kvar?

För du gör mig lycklig varje dag, även de dåliga dagarna. Jag ser dig för vad du är och du är värd allt. För du är den ende jag inte jämför med andra och nu längtar jag inte efter annat. Vaniljsex är bra och du får mig att njuta För jag älskar dig! Vad nu kärlek är...

SEXTON *Resa i tiden, allt vi gör får konsekvenser*

It's just you and me now
It's just you and me now
It's just you and me against the world
(Testament, VNV Nation, Judgement)

Resa i tiden, resa bakåt i tiden eller resa framåt i tiden lockar de flesta. Vilka konsekvenser skulle det få? Det finns många teorier och i det värsta scenariot är nog att du själv upphör att existera. Eller bli mormor till sig själv. Hemska tanke.

Resa i tiden är också ett vanligt sätt att prata om moral och etik. Skulle du döda Hitler som barn, hans mamma? Svår fråga. Du vet vad som hände och vad Hitler gjorde. Fast då kommer fråga vad som hade hänt om Hitler inte hade kommit till makten. Dessutom, kan man döda ett oskyldigt barn. Det kanske kan rättas till utan att någon dör.

Resa framåt i tiden och få se vad som kommer ske. Då kanske man kommer leva i fasa över vad som kommer hända och kanske bidra till att det hemska sker.

Tänk att få träffa sig själv och rätta till fel man gjort. Lockande tanke för mig i alla fall. Men det är så många fel att rätta till så det kanske bara blev värre. Dessutom är jag glad att det blev som det blev. För annars hade jag inte varit där jag är. Jag hade inte varit med den jag älskar och vi hade inte varit någorlunda lyckliga tillsammans. Jag hade nog heller aldrig vetat att batongerna slår nedåt och att ibland vill man spela schack.

Jag hade velat resa i tiden och jag hade velat se hur allt slutar. Jordens sista dag. Den måste vara storslagen. Det kan vara den enda och sista planeten det finns någorlunda intelligent liv på. Fast att vi skulle vara så unika är lite förmätet även om vi är en betaversion. Vi är trots allt inte speciellt intelligenta.

Jag är i alla fall helt övertygad att om jag hade rest i tiden hade jag sabbat mycket. Troligen hade väl jorden redan gått under. För ärligt så blir det mesta jag gör fel.

Men om jag övertygat dig om att det finns möjlighet att allt blir bättre, att vi kan göra något gott tillsammans så är kanske inte alla mina misstag i onödan. Så tidsresor kanske är onödiga och vi kan göra något bra tillsammans utan att mörda Hitler som barn. En vacker dag går Jorden under men det kan ju vara utan fasa.

Till dig som jag vill spela schack med, jag är inte där riktigt än. Vi kan väl flörta med varandra ett tag till. När du väl kommer behöver vi inte leka med varandra. Du behöver inte vissla uppmanande och du behöver inte bryta dig in. Det räcker med att du knackar tre gånger så jag vet vem det är som vill komma in.

Vi är ju vuxna bägge två eller hur? Jag lovar jag ska försöka se filmen utan att somna innan dess.